# Como uma carta de amor

MARINA COLASANTI

# Como uma carta de amor

Ilustrações da autora

© 2014 by Marina Colasanti
1ª Edição, Global Editora, São Paulo 2014
3ª Reimpressão, 2021

**Jefferson L. Alves** – diretor editorial
**Cecilia Reggiani Lopes** – edição
**Flávio Samuel** – gerente de produção
**Erika Alonso** – coordenadora editorial
**Thaís Fernandes** – assistente editorial
**Esther O. Alcântara** – revisão
**Eduardo Okuno** – direção de arte
**Claudia Furnari** – planejamento gráfico
**Marina Colasanti** – ilustrações

Obra atualizada conforme o
**NOVO ACORDO ORTOGRÁFICO DA LÍNGUA PORTUGUESA.**

---

CIP-BRASIL. CATALOGAÇÃO NA FONTE
SINDICATO NACIONAL DOS EDITORES DE LIVROS, RJ

C64c

Colasanti, Marina, 1937-
    Como uma carta de amor / Marina Colasanti. – 1. ed. – São Paulo : Global, 2014.

    ISBN 978-85-260-2073-3

    1. Romance infantojuvenil brasileiro. I. Título.

14-12932                               CDD: 028.5
                                        CDU: 087.5

**Global Editora e Distribuidora Ltda.**
Rua Pirapitingui, 111 — Liberdade
CEP 01508-020 — São Paulo — SP
Tel.: (11) 3277-7999
e-mail: global@globaleditora.com.br

 globaleditora.com.br     /globaleditora

 blog.globaleditora.com.br     /globaleditora

 /globaleditora     /globaleditora

 /globaleditora

 Direitos reservados.
Colabore com a produção científica e cultural.
Proibida a reprodução total ou parcial desta obra
sem a autorização do editor.

Nº de Catálogo: **3634**

## SUMÁRIO

Como uma carta de amor, 7

De algum ponto além da cordilheira, 11

À sombra de cinco ciprestes, 17

Hora de comer, 21

Estratégia, senhores, 27

O seixo debaixo da língua, 33

Um presente no ninho, 37

No rio, como fita, 45

Tempo de madureza, 51

Por querer, só por querer, 57

O nada palpável, 61

Claro voo das garças, 67

Um rufar de negras asas, 73

# Como uma carta de amor

Lavava a boca com água de rosas, calçava as sandálias, e saía. Ia com boca de flor para que, chegando ao amado, o hálito lhe lembrasse o perfume dos seus cabelos ao sol. Mas, tão distante, como alcançá-lo?

Caminhava até o alto do penhasco. Passos leves que não levantavam poeira, iguais como pontos de costura, rápidos como se tivesse pressa ou encontro marcado.

No penhasco, porém, só o vento esperava por ela.

Não sentava, ao chegar. Avançava até o ponto marcado com pedras junto à beira, sempre o mesmo, como havia prometido a ele antes da partida, para que a pudesse imaginar. E ali, de pé como um farol que se destaca ao longe, olhava. Não o mar que extenso se interpunha entre ela e o seu amado. Buscava o horizonte, lá onde, confundida pela névoa e pela distância, acreditava ver a terra onde ele agora vivia.

Estar de pé no penhasco era sua forma de viver mais perto dele. E, entrefechando os olhos para vencer o vento, mantinha intacta a certeza de ver um dia aproximar-se um navio vindo daquela terra, ou ouvir seu nome chamado de uma distância que sequer concebia.

As horas não lhe pareciam longas, entrecortadas pelo gritar das gaivotas. Quando a sombra atrás de si já se alongava, ela descia cuidadosa pela escadinha de pedra até a praia. Aproximava-se do mar, os pés já tocados de sal, e levando à cabeça a mão esquerda, aquela onde trazia o anel, delicadamente colhia um fio de seus longos cabelos e o entregava à espuma, pedindo que ventos e marés o levassem até o homem, do outro lado, e ele o recebesse como uma carta de amor.

Só depois fechava o xale ao redor do corpo e se afastava. Só depois sentia a areia nas sandálias e o frio percorrendo-lhe a pele. Em casa cozinharia sua magra ceia, encheria no poço o cântaro deixando pronta a água com que lavaria as mãos e perfumaria a boca no dia seguinte.

A princípio, quando ele partira prometendo logo voltar, ela havia contado o tempo, marcando com um mínimo entalhe o tronco da castanheira que lhe sombreava o quintal. Tomar a lâmina na cozinha e ferir a casca tornara-se um ritual em que com a cumplicidade da árvore decepava os dias, um após o outro, diminuindo a espera que tinha à frente. Leite pegajoso escorria do corte.

Mas, tantos já os cortes que não os podia contar, endurecido o leite em que abelhas haviam ficado prisioneiras, pareceu-lhe subitamente inútil marcar com sofrimento alheio a sua própria dor. E tendo acariciado o tronco em pedido de perdão, nunca mais tomou a lâmina. O tempo então sacudiu a crina e seguiu seu caminho, solto.

Adiante nesse caminho, sentiu mais frio a mulher regressando do penhasco, cobriu os cabelos negros que cheiravam a flor. Seus passos não eram mais tão rápidos.

Nenhum navio havia vindo da terra distante, a voz que tanto queria ouvir não chamara o seu nome, embora nem por um único dia ela houvesse deixado de vir ao penhasco para colhê-la se apenas se tornasse audível. No mar, levados pelas marés e tocados pelos ventos, boiavam distantes e esparsos os fios de cabelo, tantos, dos quais nenhum havia alcançado o seu amado.

E o dia chegou em que a mulher entregou ao mar um fio cintilante como raio de lua. Nesse dia, o mar teve pena.

Com suas correntezas e ondas, com o sopro de seus habitantes mais secretos, juntou os cabelos todos da mulher, e um a um os alinhou formando um único longo fio que a partir da praia do penhasco seguia adiante, sempre adiante, perdendo-se de vista em direção ao horizonte.

Seria difícil para a mulher distinguir mais tarde, na escuridão, aquele traço. Mas o primeiro fio brilhava pousado sobre as ondas miúdas que lhe molhavam os pés. E ela não hesitou. Deixou cair o xale, descalçou as sandálias e de braços abertos e queixo erguido como uma equilibrista apoiou um pé na linha fina, depois o outro, começando a percorrer o caminho que a levaria lá aonde ela queria estar.

# De algum ponto
# além da cordilheira

Há quanto tempo aquela cidade se preparava para a chegada dos bárbaros? Não desde sempre. Mas quase. Por isso as sólidas muralhas mais antigas que muitas casas, e as constantes sentinelas no topo. Viriam da fronteira traçada pela cordilheira, estava escrito, atravessariam com seus animais de duras patas o vale de pedras. E embora a muralha cintasse a cidade por inteiro e houvesse fronteiras em outras direções, só para o lado do vale voltavam-se os olhares das sentinelas.

Até que uma manhã, atendendo àqueles olhares que se feriam contra o sol nascente, viu-se a linha do horizonte estremecer, como se abrasada por um vapor. E com o passar das horas, já às beiras do escuro, foi possível dizer, com quase certeza, que sim, havia um remoto mover-se que bem podia significar um avanço.

A notícia correu pelas muralhas, resvalou para as ruas, pátios, casas, passou por todas as bocas com tensão de alarme: eram os bárbaros que vinham.

Vinham, é certo, mas como se verificou em seguida, moviam-se muito, muito devagar. Sete dias depois, continuavam longínquos, indistintos. Talvez trouxessem armas pesadas, donde a lentidão da marcha, especulou-se na cidade. Certamente eram numerosos, foi dito, e se não levantavam nuvem de poeira era apenas porque avançavam em solo pedregoso. Quem sabe, esperavam reforços vindos de confins afastados. Fosse como fosse, repetiram todos, encontrariam a cidade pronta para a defesa.

Juntaram-se provisões, afiaram-se as lâminas. Em cada casa reforçaram-se portas e janelas. Protegeram-se os poços.

A cidade rangia os dentes, mas os bárbaros não chegavam. Mais de um mês havia sido gasto em preparativos, quando percebeu-se que acampavam na distância, muito além do alcance de tiro e olhar, demasiado longe para permitir um avanço seguro da cavalaria.

Estão recompondo suas forças depois da longa marcha, deduziram os chefes militares da cidade. E, como água, a informação escorreu por debaixo de cada porta. Em breve atacarão, deduziram todos.

Nem em breve, nem mais adiante. Os bárbaros pareciam ter esquecido o motivo da sua vinda. Acampados estavam, acampados continuaram, no mesmo lugar. Por um tempo, muito.

A bem da verdade, não se mantinham inteiramente imóveis. Deslizavam tão pouco para a frente, expandindo-se apenas como a gota à qual se acrescenta mais e mais água, que imóveis eram considerados na cidade.

De palmo em palmo, entretanto, de pequeno avanço em pequeno avanço, os bárbaros acabaram sendo alcançados pelo olhar. Em dias claros, e sem muito esforço, viam-se do alto da muralha os homens e seus cavalos, as mulheres tirando leite das cabras, as crianças brincando entre as patas dos camelos, o cotidiano sendo gasto. Impossível saber se havia guerreiros, porque um guerreiro sem couraça é apenas um homem, e não se veste couraça fora da batalha. À noite, a claridade que filtrava das tendas povoava a planície de vagalumes.

Subir nos torreões para observá-los tornou-se uma atração na cidade.

E o momento chegou em que, deslizando de nada em nada, os bárbaros com suas tendas e o latir de seus cães estavam ao pé da muralha.

Contrariando as previsões, não investiram contra os portões, não pegaram em armas. Talvez nem as tivessem. Estavam ali, tão somente, como antes haviam estado no vale. Eram mais coloridos do que pareciam à distância, e ruidosos. A música dos seus instrumentos escalava a muralha, perdia-se nas ruas, convidando a destrancar as janelas.

Tendo-os assim tão próximos, com sua algaravia e seus colares de contas, parecia difícil aos habitantes da cidade justificar o medo que os havia precedido. Com certeza são apenas nômades, comentaram entre si os chefes militares. E nas ruas e casas repetiu-se com satisfação, apenas nômades.

Não demorou muito para que, certos todos de que algo os nômades teriam para mercadejar, os grandes portões da muralha lhes fossem abertos. Só então foi possível ver que seus dentes eram pontiagudos e recobertos de ferro. Mas já era tarde.

# À sombra de cinco ciprestes

Nem rico, nem pobre, era um homem como tantos outros, um homem a meio caminho. Até a noite em que um pássaro voou no seu sonho.

Entrou pela janela aberta do sonho, pousou no peitoril e disse: "Na cidade dos cinco ciprestes, há um tesouro à tua espera". O homem ergueu a cabeça surpreso, o pássaro se foi, despertando-o com o rufar das asas.

Que cidade era essa, ninguém conseguiu lhe dizer. Indagou durante alguns dias, não mais do que isso, pois agora seu tempo tinha valor. E vendo que não havia ali quem soubesse mais do que ele, vendeu sua casa, sua horta, suas quatro galinhas. Só não vendeu o cavalo. Posto o dinheiro em uma sacola de couro que pendurou no pescoço, partiu.

Galopou, galopou, até chegar a uma cidade onde um único cipreste se erguia. – Um único cipreste é melhor que cipreste nenhum – pensou o homem. E parou para descansar e pedir informações. Mas informações ninguém soube lhe dar. Ao amanhecer já estava em sela.

Cavalgou durante muitos dias. Subiu encostas, desceu encostas. Anoitecia, quando passou pelo portal de uma cidade ladeado por dois ciprestes. – Dois ciprestes não me bastam – pensou o homem. Antes que o sol varasse o portal, estava longe.

Atravessou pastagens, cruzou aldeias e vilarejos. Viu ao longe uma cidade sombreada por três ciprestes, e pareceu--lhe bom sinal, como a dizer-lhe que aquele era o caminho. De fato, nem bem um dia havia passado quando, depois de atravessar uma densa floresta, o horizonte lhe ofereceu uma cidade . Na cidade, deparou-se com quatro ciprestes.

O coração do homem aqueceu-se como se estivesse diante do tesouro. – Agora sim, – pensou – falta pouco. – E olhando os pássaros que volteavam no alto, acreditou reconhecer aquele que havia sido mensageiro.

Porém, desmentindo seu sentimento, cavalgou solitário num raio de muitas léguas, não encontrando senão moradias esparsas. Cruzou dois rios, rodeou um lago. Muito teve que viajar. Já sentia faltar-lhe as forças, quando finalmente adentrou numa cidade. Sobre o branco cascalho da praça, estendia-se a sombra de seis ciprestes.

Onde?! Onde estava aquela que lhe haviam prometido?,

perguntou-se o homem em desespero. E exausto como se encontrava, sequer desceu da sela. Cravando as esporas no cavalo, recomeçou a busca.

Haveria de buscar por muito tempo.

Um ponto chegou, em que a barba crescida quase lhe escondia o rosto, o cabelo descia sobre os ombros, e ele todo parecia outro homem. Mas esse homem cansado e sujo era o mesmo a quem um tesouro havia sido prometido. E como no primeiro dia, continuava confiante na promessa.

Montado no cavalo que mal se aguentava de pé, regressou então à única cidade que havia tocado seu coração. Ali, junto às quatro árvores escuras, abriu uma cova pequena e, com toda delicadeza, plantou uma muda de cipreste.

Só depois de recomposta e regada a terra, foi banhar-se. E fez a barba, e prendeu os cabelos. Tinha uma espera pela frente.

A muda começa a alongar suas raízes na terra morna.

Como se obedecendo a um sinal, do outro lado do mar, o navio em que um rico mercador embarcou com um carregamento de pedras preciosas levanta âncora.

Nesse mesmo momento, longe do mar e do jovem cipreste, numa prisão escura, um bandoleiro perigoso empunha a colher que não devolveu com a tigela de sopa, e que lhe servirá para dar início à escavação de um túnel de fuga.

Muitos fatos ainda se passarão nessas três histórias antes que o mercador venha, com sua reduzida comitiva e sua rica carga, a atravessar a densa floresta na qual o bandoleiro, livre da prisão, espreita. Haverá então cruzar de espadas, chamados, sangue, um tiro de arcabuz ecoará estremecendo folhas. Ficarão na floresta os corpos, os fardos, a cabeça decepada do mercador. Na carroça puxada por cavalos, o bandoleiro se afastará veloz levando o cofre com as pedras preciosas. Será preso algum tempo depois por esse crime, e enforcado. Mas não sem ter antes, protegido pela escuridão da noite, enterrado seu tesouro à beira de uma cidade que lhe cruzou o caminho, no ponto marcado pelos troncos de cinco ciprestes.

# Hora de comer

Hora de comer, naquela casa. A mulher foi lá fora pegar uma braçada de achas que empilhou perto do fogão, sem perceber que com a madeira havia trazido um camundongo. Já com uma acha na mão, inclinou-se para soprar nas brasas avivando o fogo.

Debaixo da pilha, o camundongo farejou a oportunidade, arriscou o focinho para fora. A distância até a cadeira parecia enorme. O cachorro dormia sacudindo de leve a pata no sonho. O gato estava ausente, ainda assim o camundongo soube que naquela casa havia um gato. Olhando para cima viu no alto o largo traseiro da mulher. O rosto, metido junto ao fogão, não se via. A hora era aquela.

O camundongo correu com suas pequenas patas e seu máximo fôlego, até alcançar a proteção da cadeira. O coração bombeava acelerado na minúscula caixa do seu peito. Olhou em volta. Na cozinha em penumbra tudo continuava tranquilo, a mulher revirava a panela, o cachorro sacudia a pata, o fogo comia mais uma acha, como se nada tão dramático quanto aquela fuga tivesse acontecido. O camundongo juntou novamente sua coragem.

Atravessado o resto da cozinha, vencido o arriscado espaço da soleira, eis que ganhava a noite e a liberdade.

A noite era clara, o ar leve e frio, carregado de cheiros. Mas o camundongo não estava mais na defensiva, não farejava. Pensava no risco que havia acabado de correr, na possibilidade de uma vassoura erguida para esmagá-lo, de um súbito pulo do gato, de latidos. E revendo seguidas vezes na memória sua fuga heroica, passeou longamente sentindo-se um rei.

Reis não precisam prestar atenção no mundo a seu serviço, e aquele camundongo distraído acabou despertando a atenção de uma coruja. Que sem pressa, silenciosa como todas as da sua espécie, deixou o alto da árvore onde havia estado de vigia, e abateu-se sobre ele, devorando-o.

A noite estava carregada de cheiros e habitada de presenças. Do mato onde se escondia, uma cobra viu a rápida ação da coruja, viu o camundongo desaparecer no bico adunco, ouviu o pio de satisfação e desafio que a coruja lançou no ar. A coruja revirou os olhos, inchou as penas do peito refestelando-se no seu bem-estar. A cobra rastejou para longe, dando início a uma operação de conquista.

Algum tempo passou, antes que estivesse de volta ao pé da árvore. Assoviou lá de baixo, se é que aquele som fino como faca podia chamar-se um assovio. Mas a coruja parecia ter tapado os ouvidos com as plumas, e nada ouviu. A cobra não teve outro remédio senão rastejar em espiral tronco acima. Chegando mais perto, porém, voltou a assoviar, não queria pegar a outra desprevenida. E quando a coruja olhou para ela, disse a que vinha.

Aquele camundongo, sibilou, aquele camundonguinho que acabava de vê-la comer, aquele camundongozinho de nada, não estava à altura de sua fama de caçadora. E provavelmente, acrescentou com ar ladino, não estava à altura da sua fome. Fez uma pausa, dando tempo para que a coruja percebesse um certo espaço vago no estômago, desapercebido até então.

Já para ela, continuou a cobra, para ela tão fina, magra, e inapetente, um camundongo pequenino como aquele bastaria. Aliás, disse tossindo, estava mesmo com uma dor de garganta que não lhe permitia engolir nada mais consistente.

Mas é claro que não vinha pedir esmola, prosseguiu dando firmeza à sua voz humilde. Estava ali a negócios. Para tanto, oferecia em troca do camundongo um naco de carne duas ou até três vezes maior, que acabava de roubar do prato do cachorro e que ela própria não conseguiria comer.

Duas ou até três era tentação demais para a coruja glutona. Abriu o bico, cuspiu o camundongo, e cravou o bico na carne.

O pobrezinho mal teve tempo de dar-se conta do que acontecia, e já se via engolido pela segunda vez. A boca da cobra era uma noite sem estrelas.

Inchada como se tivesse comido um seixo de rio, a cobra afastou-se lentamente à procura de um lugar seguro onde passar o que restava da noite. E amolecida pelo cansaço e pela vitória relembrava com desprezo da coruja, capaz de comer carne morta, enquanto ela, altiva por natureza, só se alimentava de seres palpitantes de vida. Adormeceu sentindo-se uma rainha.

Rainhas têm sono pesado. E passado algum tempo, enrodilhada no lugar que lhe havia parecido tão seguro, a cobra foi descoberta do alto por um gavião. Era uma presa fácil. O grito do gavião cravou-se no ar amedrontando criaturas em seus ninhos. Mas a cobra não o ouviu. O gavião lançou--se rígido e certeiro como uma seta. A sua silhueta levando a cobra no bico desenhou-se no alto contra o novo dia que vinha vindo.

Desenhou-se tão nítida, que foi vista pelo caçador. Ele também, que havia deixado sua cama ainda no escuro para sair em busca do predador, tinha ouvido o grito. E estava atento. O tiro de fuzil ecoou naquele início de manhã espantando os pássaros, que saíram em revoada. No chão, o gavião morto continuava com a cobra no bico.

Foi recolhido, posto no bornal, levado até em casa e jogado em cima da pilha de achas, enquanto o caçador ia ao poço.

Não havia ninguém olhando. A barriga da cobra ondulou, moveu-se, mas não era vida o que a animava. Do lanho onde ainda estava cravado o bico emergiram duros bigodes, um pequeno focinho cinzento. E o camundongo, molhado e tonto mas vivo, escapuliu metendo-se entre as achas.

O caçador veio voltando com o balde, a mulher saiu da casa para buscar uma boa braçada de lenha. Estava na hora de cuidar da comida.

# Estratégia, senhores

O sol apressou sua retirada quando a Peste bateu às portas daquela cidade.

Alvoroço nas torres de vigia. Que se avisasse o palácio da espantosa presença. As portas não cederiam passagem para visitante tão indesejada.

Mas no curto tempo de uma corrida, o mensageiro trouxe do palácio a ordem que nenhum dos homens da guarda desejaria cumprir. Mandava o Rei que a Peste fosse recebida com as mesmas honrarias devidas a mandatários ilustres, e conduzida a finos aposentos no palácio junto ao seu. À noite, um banquete seria oferecido em sua homenagem.

Sem apear de seu cavalo magro como se só de ossos feito, a Peste deixou-se guiar altaneira através da cidade. O vermelho da sua capa incendiava as ruas escuras, os moradores refugiavam-se em casa para não vê-la passar.

Havia enlouquecido o Rei? perguntavam-se enquanto isso os Ministros em burburinho na sala do trono. Convidar semelhante dama!!

— Calma, senhores, calma — e levantando-se do trono o Rei quase sorria. — A presença da nossa hóspede não deve ser atribuída a um gesto de hospitalidade, que não seria do meu feitio. Mas a sabedoria, e à ação de um pulso forte. A sorte está pondo ao alcance deste cetro — e com gesto imponente ergueu o cetro acima da própria cabeça — a oportunidade de livrar-nos de nosso sempre inimigo, João Discreto, Rei da planície Norte, e de avançar nossas fronteiras sobre suas

terras. Eu seria um governante cego se não a aproveitasse.
— Fez uma pausa, deslizando o olhar sobre os ministros. —
Estratégia, senhores, assim se chama nosso banquete de
logo mais. Estratégia!

E já, nas cozinhas, afiavam-se as facas e brilhavam os
fogos.

À noite, a Peste adentrou arrastando o manto no grande salão onde a corte aguardava. E ao seu chegar, os cortesãos
se curvaram em mesuras, não tanto por obrigado respeito,
quanto para evitar respirar seu mesmo ar, e aproveitar o recuo
que o gesto permitia. O largo corredor que se abriu diante
da convidada de honra conferiu imponência a seus passos.

As taças haviam sido esvaziadas numerosas vezes, e dos
assados só restavam ossos, quando o Rei considerou ter chegado
o momento oportuno e, debruçando-se com ar envolvente por
sobre o magro ombro da convidada, lhe fez sua proposta.

Quem estava ao lado, mas ainda assim não muito próxi-
mo, não pode apreender os detalhes, encobertos pelo ruído das louças e das conversas, mas relatou ao vizinho ter
ouvido repetidas vezes a palavra ouro, muito ouro, cofres
cheios talvez, e prata, quem sabe quanta. Pelos fragmentos
da conversa deduzia que tudo seria entregue onde ela, a
Peste, quisesse, para não onerá-la sequer com o esforço de
carregar os bens.

— Por sua conta, Senhora — acrescentou o Rei em voz um
pouco mais alta para que não houvesse nenhum mal entendi-
do quanto à tarefa —, por sua conta — repetiu animando-se —

ficaria apenas uma visita, digamos longa, a meu caro vizinho, o monarca da planície Norte. Uma visita durante a qual poderia, ou melhor dizendo deveria, sim, certamente deveria, dar mostras daquele talento que a faz tão temida.

– O que diz, gentil anfitrião, é música aos meus ouvidos – respondeu a Peste, e fez uma pausa. O Rei teve tempo de imaginar um sorriso no rosto encoberto pelo amplo capuz cor de sangue, e já estendia a mão à taça para um brinde ao acordo, quando a outra prosseguiu. – Porém, embora devedora de tão generosa hospitalidade, não poderei atendê-lo.

Deteve-se a mão rumo à taça, e nos ouvidos reais pareceram deter-se todos os sons do grande salão. Foi pois em pleno silêncio, apenas o sangue batendo nas têmporas, que o Rei ouviu o que a Peste ainda tinha a dizer.

— Acabo de vir, justamente, de uma visita ao reino vizinho. Visita breve, o tempo de um banquete. E é minha intenção demorar-me aqui. Dei até mesmo esse endereço para receber uma encomenda que Rei João empenhou-se em mandar entregar em meu nome.

Lá fora, dobraram-se os joelhos do Comandante da Guarda, e ele foi ao chão, vítima do mal que começava a espalhar-se.

# O seixo debaixo da língua

Parecia apenas um mal estar quando ela levou a mão ao peito. Mas era doença. E deitando-se para descansar, não tornou a levantar.

Morta a esposa, o marido catou dois seixos no caminho que conduzia à casa, enfiou um no bolso, colocou o outro debaixo da língua dela para que levasse consigo o rumo daquilo que haviam construído juntos. Deitou-a na cova. Depois encheu de terra o poço que durante tantos anos lhes havia dado água, cortou um cajado de um galho da castanheira, e tendo vendado os olhos com um pano escuro, partiu.

Metade da sua vida havia-se ido com a mulher, metade da sua maneira de ver o mundo havia sido apagada com ela. Cabia-lhe agora buscar novas maneiras de enxergar.

E como um cego se foi pelos caminhos.

Lento, a princípio, tateando o chão com o cajado, tateando o ar com a outra mão estendida, apoiando cada passo como se temesse despencar num abismo, esquivando o rosto de obstáculos inexistentes. E surdo, porque em seus ouvidos só ouvia o rumorejar do próprio sangue e as lamentações mudas que repetia sem cessar. Tão lento que pouco se deslocava a cada dia, deitando-se à noite perto de onde se havia levantado de manhã. Pequeno era o mundo que a escuridão da venda tornava sem limites.

Pequeno mas, ainda assim, em movimento. Não poderia dizer, hoje consegui aquilo que ontem me foi impossível. Porém, a cada dia, obtinha algo mais. Os abismos já não se abriam diante dos seus pés.

Quem o visse pensaria apenas, lá vai um cego. Pois dos cegos, aos poucos, adquiria a desenvoltura do não ver. Não tateava mais com a mão. Não esquivava mais o rosto, ao contrário, projetava-o para a frente, antecedendo o corpo na percepção de cheiros e sons. E surpreendia-se com a quantidade de sinais que o rodeavam, como se não se movesse no ar mas em algo mais sólido, lama, argila ou outra carne, que por todos os poros lhe falava.

Tão ocupado estava em ouvir o mundo, que não ouvia mais suas lamentações. E, por não ter quem as ouvisse, não mais as fazia.

Ia andando em frente. Não tendo pressa nem meta, seguir

adiante parecia-lhe a melhor direção. Sem que isso significasse andar em linha reta.

Caminhou muito. Encontrou rios que costeou, outros que atravessou sobre pontes. Encontrou pessoas com quem falou, outras que cruzaram com ele silenciosas. Percorreu planícies.

E estava pisando em uma encosta suave, no dia em que se maravilhou ao perceber que estava cantando. Cantava porque o dia era limpo, haveria nuvens ao entardecer trazidas por esse mesmo vento leve que se metia por dentro da sua camisa acariciando-lhe o peito, mas por enquanto o dia cintilava. E a beleza daquele dia lhe abria a garganta. Cabras pastavam por perto, e o gato do mato que antes havia estado por ali não voltaria, com medo de um homem que, mais abaixo, partia lenha. Uma mulher estendia roupa na corda ajudada pela filha pequena. E as galinhas ciscavam sob o olhar altivo do galo. Onde teria se metido o cachorro?

Onde teria se metido?! O homem surpreendeu-se com sua própria pergunta. Surpreendeu-se pelo fato de saber que havia um cachorro, embora não soubesse onde, e por ter, tão clara diante dos olhos vendados, a vida daquela manhã. Ele a via através dos cheiros, dos chamados, dos sons, e da teia de informações que se tecia, o estalar da roupa molhada, a força de quem partia lenha, a direção do vento, a hora, o calor.

Com delicadeza, como se tirasse pele, o homem desatou a venda. Não precisava mais dela.

Estava na raiz de uma colina, à beira de um vale. E o vale era amplo. Sem procurá-la, havia chegado à sua meta.

Caminhou mais um pouco na escolha do lugar exato. Nesse lugar, cravou o cajado. Em seguida, com a faca, riscou no chão as paredes da casa que construiria, à sombra da castanheira que haveria de crescer a partir do cajado. E começou a cavar o poço.

Viveu ali muitos anos. E esteve bem. Depois, um dia, levou a mão ao peito. Não era um mal estar. Então o homem deitou-se e, tirando do bolso o seixo que havia guardado para isso, colocou-o debaixo da língua.

# Um presente no ninho

Não era propriamente um homem mau. Egoísta sim, e azedo. Havia azedado no tempo, como uma fruta que nem cai nem é colhida e ali fica, no pé, madura demais, azedando seus sucos. Assim era ele, quase sem suco agora, cada vez mais ácido.

Alguém amava esse homem? Sim, há sempre alguém que ama quem não sabe amar.

Ela olhava pela janela e via sol, ele olhava pela janela e via possibilidade de chuva. Ela punha a comida à mesa e aspirava fundo o perfume do que havia cozinhado, ele escarvava o prato com o garfo à procura de um inseto, um fio de cabelo, uma mancha. E na horta, inclinavam-se os dois sobre a terra, ela acolhendo os frutos do trabalho, ele caçando os animais que ameaçavam sua plantação.

Filhos, não haviam tido. "Melhor não – dissera ele, embora ela os desejasse –, sabe lá o que poderiam se tornar". Sozinhos com seu cotidiano, o homem ácido e a mulher paciente apagavam a luz à noite, abriam a janela de manhã, sem interrogar o tempo.

Em um ponto daquele tempo, ouviram-se pancadinhas secas na porta. A mulher foi abrir. Diante dela estava uma cegonha. Pareceu-lhe a mesma que ao longo de alguns verões havia habitado seu telhado, mais precisamente o grande ninho sobre a chaminé.

– Pois não? – perguntou a mulher sem saber exatamente como se comportar, e sem querer ofender com a sua surpresa.

– Vim agradecer, e me despedir – disse a cegonha. – O frio já vai chegar. É tempo, para mim, de voltar à rica terra do Egito, onde sempre há sol.

A cegonha fez uma pausa, falar exigia-lhe um certo esforço.

– Mas não gostaria de parecer ingrata – retomou. – Há muitos verões já, tenho aproveitado a hospitalidade da sua chaminé. Chegou a hora de retribuir.

Nova pausa, um ajeitar das asas.

– Me ofereço para levar um de vocês a conhecer as terras d'África – prosseguiu com aquela voz que saía anasalada do bico. – Mas um só, porque não aguentaria atravessar o mar com o peso dos dois nas costas.

— Para o outro — acrescentou a cegonha — deixarei um presente no ninho.

Só então a mulher percebeu que, atraído pela conversa, o marido havia-se chegado por trás dela.

— Vou eu! — exclamou ele dando um passo à frente, já antevendo as ricas terras. E logo, em tom desdenhoso — Presente é coisa de mulher.

Ao amanhecer do dia seguinte, levando apenas uma mínima trouxa, o homem montou nas costas da cegonha, e com ela levantou voo. A mulher o viu diminuir no azul, diminuir mais e mais, até desaparecer. Ainda permaneceu de pé longo tempo, parecia-lhe não ter nada a fazer agora que o marido não estava. Só depois lembrou-se do presente.

Foi à horta, buscou a escada que estava apoiada na figueira, encostou-a na parede da casa, e subiu ao telhado. Atenta, para não quebrar telhas, moveu-se até a chaminé, pôs-se de pé.

Então era isso que a cegonha chamava de presente! No ninho ainda marcado por pequenas plumas, jazia um ovo.

Não teve nojo, o ovo era grande e limpo, e ela estava acostumada a catar ovos de galinha. Teve pena. Um pobre ovo abandonado ao frio que se aproximava, enquanto a mãe se aquecia ao sol do Egito.

A mulher nunca havia sido mãe, mas trazia em si o sentimento materno. Olhou o ovo com ternura, olhou ao redor e, não encontrando solução melhor, acomodou-se com cuidado em cima dele. Ela o chocaria.

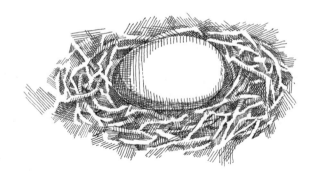

Assim fez durante dias e noites, sem que nunca o calor do seu corpo abandonasse a tarefa que havia assumido. E chegou o momento em que sentiu um estalar, um remexer debaixo de si. Levantou-se. A casca, rachada, abria-se lentamente. Ela ajudou com dedos leves, a branca curva do ovo desfez-se em cacos. Lá dentro, solitário, cintilava um diamante.

Esgotou-se o inverno. O verão já se anunciava, quando a mulher ouviu um bater de asas seu conhecido. Teve justo o tempo de olhar à janela e correr para receber o marido que chegava.

Mas em que estado! A pele tostada, a roupa estragada, a expressão desfeita. E não trazia sequer a trouxa que havia levado.

A terra africana não havia sido rica para ele, muito pelo contrário. Lá, como em qualquer outra parte, rico era quem tinha chão. Mas a ele, que apeara sem família e sem dinheiro, nada havia sido dado. Tivera que esmolar nas ruas, trabalhar para os outros por um prato de comida, humilhar-se.

Assim contou. E só depois de contar, de tomar um banho e comer, o homem reparou na casa e na mulher, tão mais belas agora do que quando as havia deixado. Foi então a vez da mulher fazer sua narrativa, contar do ovo, do choco, do diamante, do dinheiro tanto que havia obtido com sua venda.

Os olhos do homem se apertaram como duas fendas. Pediu para repetir tudo diversas vezes. Por trás das fendas, seu pensamento equacionava a próxima estratégia.

Fim do verão, novamente ouviram-se as pancadinhas na porta. Desta vez, o marido foi abrir.

– Como vai, senhora cegonha? – perguntou logo, solícito. – Já pronta para a viagem?

E antes que ela tivesse tempo de fazer qualquer oferecimento: – Lamento, mas desta vez não poderei lhe acompanhar. A última travessia me deixou cheio de achaques. Terá que se contentar com a minha esposa.

A cegonha alisou com o bico as penas do peito. Os olhos do homem se estreitaram: – E eu – disse em voz baixa –, me contentarei com o presente.

Ao amanhecer do dia seguinte, sem trouxa nem nada, a mulher montou no dorso da cegonha, abraçou-lhe o pescoço, afundou o rosto naquele calor macio. E, sorridente, se foi.

O marido não esperou vê-la desaparecer. A escada já estava encostada na casa. Ele subiu rápido ao telhado, quebrou algumas telhas antes de chegar à chaminé, ergueu-se até o ninho e, sem demora, aboletou-se em cima do ovo. Havia vestido calças de lã, para acelerar o processo.

Noite a noite, dia a dia, o homem se manteve no posto, suando sob o sol, tremendo sob a lua. Passou fome, teve sede, contou e voltou a contar as horas que pareciam paradas. Não podia imaginar que enquanto isso a mulher, com seu temperamento gentil, havia feito boas relações no Egito.

Ela estava justamente navegando no Nilo com seus novos amigos, na tarde em que ele sentiu debaixo de si um leve estalar, um estremecer, e levantou-se ávido. A rachadura da casca avançava, abria-se em cacos a branca curva. Viu um cintilar lá dentro, meteu a mão. A picada foi instantânea. No ovo enfim desfeito brilharam os olhos da serpente que, coleando, abandonou o ninho.

# No rio, como fita

Porque seu irmão havia voltado ferido da batalha, foi a moça ao rio lavar a camisa manchada de sangue. Ajoelhada na beira, ensaboou e esfregou longamente, muitas vezes batendo o tecido contra as pedras, até vê-lo branco, enxaguado pela corrente. O sangue desceu na água sem se misturar, ondeando vermelho como fita ou peixe.

Aconteceu que rio abaixo outra moça estivesse de cócoras na beira, ensaboando e esfregando. Era a lavadeira do senhor daquelas terras e lavava a camisa com que ele havia voltado suado da batalha. Tão empenhada estava ela no seu fazer, que não viu o aproximar-se do sangue na água. Só viu, com espanto, manchar-se de vermelho a camisa que tinha entre as mãos.

Que renitentes eram essas manchas, inutilmente a moça se esforçava para apagá-las a poder de sabão. Esfrega esfrega, bate bate, lava lava, só quando já se lhe esfolavam os nós dos dedos, conseguiu fazer com que a cambraia recuperasse a sua candura.

Estendida no varal, a camisa agitou as mangas ao vento. Estava ainda cheirando a sol e morna do ferro de passar, quando o senhor a vestiu. Mas não demorou muito para novamente manchar-se de sangue. Desta vez, era o senhor que sangrava, a pele toda minando.

Deram-lhe poções, fizeram-lhe emplastros, lavaram-no com chás de ervas, nada estancava aquele sangue. O senhor já se fazia pálido quando trouxeram o médico. E o médico ordenou que fosse tomar banho de rio, e que se queimasse a camisa.

Foram todos à beira, três serviçais ergueram os braços segurando ao alto três lençóis, e atrás daquela delicada barreira despiu-se o senhor, avançando nu e ensanguentado rio adentro. Demorou um tanto, mais pelo prazer no contato da água fria do que por necessidade, pois logo sua pele limpou-se, e ao sair estava quase tão branco quanto o havia sido sua camisa.

O sangue do seu corpo trançou-se na correnteza, sem se misturar.


Mais adiante, naquele rio, a roda do moinho girava e rangia tocada pela água. Não havia ninguém lá fora quando o sangue a alcançou. Roda e água se entendiam desde sempre sem necessidade de vigilância, o moleiro estava ocupado controlando as mós que transformavam o trigo em farinha, e farinha pairava no ar do moinho velando os vidros da janelinha, as vigas, as bancadas, as teias de aranha e os bigodes do moleiro. Branca, mas só por um momento mais. Pois logo, como se as mós esmagassem carne, a nova farinha tingiu-se de vermelho.

Estupefato, o moleiro mal conseguia se mover. O que era aquilo? perguntava-se em surpresa e asco, o corpo todo tenso como se diante de ameaça. Passado o primeiro susto, porém, puxou alavancas, destravou pinos, soltou cordas. Entre gemidos e estalos de madeiras o moinho parou.

No silêncio que se seguiu ouvia-se apenas, abafado, o farfalhar do rio.

E logo, atraída pelo silêncio inesperado, a mulher do moleiro entrou no moinho. Encontrou o marido de pé, braços caídos, parado diante daquilo que parecia impossível de entender. Então foram dois a se espantar.

Mas por mais que se esforçassem buscando razões e fazendo conjecturas, não chegavam a compreensão alguma. Nem poderiam. Chegaram somente a mais uma pergunta, prática e fundamental: o que fazer agora com a farinha ensanguentada?

Ninguém haveria de querê-la, disso não duvidaram. Não com aquela cor. Nenhum pão, nenhuma comida ou bolo poderiam ser feitos com ela. E a reputação do moinho estaria arruinada se apenas tentassem vendê-la. O jeito, concluíram afinal com esperteza, era dá-la aos porcos. Ajudaria a cevá-los, ao mesmo tempo em que se eliminava aquela imundície. E quanto mais depressa melhor, antes que alguém soubesse do acontecido.

Tão rápido quanto lhes permitiam a idade e a tensão de que se viam tomados, ensacaram a farinha e foram despejá-la no cocho.

Porcos não são exigentes, são glutões. Misturada aos restos que ainda sobravam, aquela farinha de cheiro estranho foi uma festa para eles. Em breve, nada mais sobrava da mistura em que haviam revirado os focinhos.

— Perfeito! — murmurou o moleiro para a mulher. — Nenhum resto mais. Sumiu o problema!

E foram limpar o moinho.

Passados alguns dias, entretanto, o problema apareceu em outra parte. Os porcos haviam ficado inquietos. Já não grunhiam mansamente como antes. Rosnavam mostrando os dentes, babavam tentando morder quem se aproximasse.

Os olhinhos apertados cintilavam ódio. Tornou-se perigoso entrar no chiqueiro.

Ainda faltava tempo para o abate. Ainda assim, uma noite, à luz de lanterna, o moleiro e a mulher sangraram em segredo aqueles porcos que, como a farinha, ninguém haveria de querer.

Que trabalheira foi carregá-los na carroça! Mas antes do amanhecer o homem já incitava os cavalos na estrada, cobertos os porcos debaixo de uma lona. Iria vendê-los na grande feira da aldeia vizinha.

Muitos vinham de longe para essa feira, as passagens entre as barracas estavam tomadas por gente diversa, vendia-se de tudo sem muita conversa. O moleiro pendurou os porcos na barraca que alugou. Mas, ou por estarem abaixo do peso, ou por ser muito alto o preço que pedia, poucos comprado-res apareceram e nenhum deles fechou negócio. O dia ia se gastando. Levar os bichos de volta era impensável, melhor pareceu ao moleiro baixar o preço.

Acabava de fazê-lo, quando um grupo de homens fortes e rudes, lenhadores vindos da alta montanha, parou diante da barraca. Regatearam, pagaram com moedas tiradas da bolsa do cinto, e levaram os porcos atravessados sobre seus cavalos.

Chegaram ao acampamento que já era escuro. Outros homens fortes e rudes os esperavam ao redor das fogueiras acesas. Comeram carne de porco aquela noite, e em outras que se seguiram. Enterraram os ossos. Mais uma vez, tudo havia desaparecido.

E mais uma vez, algo tornou a aparecer adiante.

Os homens haviam-se feito ainda mais rudes. Todas as árvores que haviam sido contratados para cortar estavam no chão. Poderiam ter ido em busca de serviço de lenhador em qualquer lugar. Mas não eram mais árvores o que desejavam abater. Recolheram seus poucos trastes, montaram em seus cavalos, e foram se oferecer como mercenários a quem quisesse soldados ferozes para a guerra.

Diz-se que dali para a frente semearam o terror, não só pela fúria nas batalhas, mas porque, ferido ou morto o inimigo, inclinavam-se sobre seu corpo para beber-lhe o sangue.

# Tempo de madureza

Era o monarca de um reino pequeno, mas ainda assim tinha coroa e palácio. Tinha também um filho, o único, que um dia herdaria todo aquele pouco que havia para herdar. E que para isso ia sendo preparado com rigor, sem que um único dia se escoasse inutilmente.

Aprendeu a ler e a escrever, aprendeu a montar e a dançar, aprendeu a manejar a espada e o arco, a decifrar um mapa, acompanhar as estrelas e interpretar o astrolábio. Só não aprendeu a viver.

E chegou o dia em que esse único conhecimento que não tinha começou a fazer-lhe falta. E porque esse faltava, todos os outros lhe pareceram excessivos. Viu roupa demais sobre o seu corpo, cachos demais nos seus cabelos, demasiados óleos e perfumes sobre a sua pele. Viu nos seus dedos anéis que não havia escolhido e, como se reparasse nela pela primeira vez, surpreendeu-se com a grossa corrente de ouro que lhe rodeava o pescoço. Tinha tanto, pensou, e faltava-lhe o principal. Abaixou a cabeça devagar, tirou a corrente. E sentindo seu peso ainda na mão foi até a janela.

Não viu nada que não lhe fosse familiar. As flores cresciam educadamente nos jardins bem cuidados do palácio, os arbustos podados não se atreviam a lançar qualquer brotação que superasse os desejos dos jardineiros, e os gramados cumpriam meticulosamente sua tarefa impedindo que nobres sapatos encostassem na terra nua. O que ele procurava, pensou o jovem príncipe, não estava ali.

Uma vez tomada sua decisão, nada pôde demovê-lo. As ameaças do pai, os conselhos do primeiro ministro, os soluços da mãe chegaram quase inaudíveis a seus ouvidos, como se vindos de grande distância. Só ouviu claramente o ganido do cão. Rodeou-lhe o pescoço com a corrente de ouro que havia sido sua, e levando-o por essa estranha coleira, foi-se embora com ele, certo de que para lá do palácio, para lá dos jardins e dos muros que o rodeavam, haveria de encontrar aquilo que lhe fazia falta.

A certeza e o cão o acompanharam durante um tempo. Depois, só o cão. Aos poucos, desfez-se do excesso de roupas, os cachos foram desaparecendo à medida que o cabelo crescia e se fazia agreste, os anéis deixaram seus dedos um a um. Mas embora viajasse bem além das fronteiras do

palácio e do reino, embora ouvisse outras línguas e outras maneiras de usar a sua própria, embora o medo a fome e o frio lhe fossem dados a conhecer, nenhuma palavra, nenhuma paisagem, nenhum daqueles tantos dias lhe trouxe todo o conhecimento que havia ido buscar.

Então, voltou ao palácio.

Não voltou como príncipe. Sujo como estava, a roupa em farrapos, instalou-se com sua trouxa e seu cão do lado de fora da grande porta, debaixo das arcadas que conferiam à entrada do palácio seu ar majestoso. E não houve quem o fizesse entrar.

Agora, todas as manhãs, o mordomo engalanado vinha trazer-lhe em bandeja de prata a primeira refeição, enquanto um serviçal menos qualificado o acompanhava com a tigela da comida do cão. Grande havia sido o espanto da primeira vez, quando, sem esperar sequer que eles se fossem, e diante do seu olhar estarrecido, o príncipe levara à boca a comida do cachorro, deixando para ele as delicadezas servidas nos pratos de porcelana. Mas com o repetir-se da cena, e a imediata melhoria da comida da tigela, o que era estranho acabou por tornar-se rotina, e a rotina foi rapidamente confundida com a normalidade.

Só uma vez o rei havia ido vê-lo, pedindo que entrasse. Não aconteceu exatamente uma conversa. O que o pai disse ao certo, ninguém soube. Mas por trás das venezianas encostadas a criadagem viu que, sem abrir a boca, o filho escreveu na parede com um caco de telha a sua resposta: "No tempo de madureza".

Debaixo das arcadas não chovia, e a escrita ficou ali, desbotando aos poucos, incompreensível acolhida para os dignitários e embaixadores que vinham ter com o monarca.

O tempo parecia passar mais veloz para o cachorro do que para o dono. Focinho e pestanas fizeram-se brancos. Um véu leitoso havia descido sobre seus olhos toldando-lhe a visão, e talvez nem enxergasse mais, porque só voltava a cabeça em obediência aos sons. Passava os dias deitado, cansado demais para levantar-se e correr atrás dos pássaros no jardim, cansado demais para latir ou mesmo para abanar o rabo. A custo suspendia a cabeça para comer dos pratos que reconhecia apenas graças ao faro. E logo tornava a baixá-la.

Estava velho. Depois, esteve muito velho. Até que uma noite foi ao encontro daquilo que espera todos os seres vivos no fim da vida.

O príncipe sabia o que viria, e ainda assim havia se esforçado para esquecê-lo. Acordou inquieto. Subitamente desperto quando nem bem começava a clarear, estendeu a mão em direção ao amigo para a carícia que o tranquilizaria. Mas a palma encontrou o pelo hirto, a carne fria.

Naquela manhã o sol demorou a levantar-se, como se quisesse dar mais tempo ao príncipe para a despedida. Todos dormiam ainda no palácio, ninguém o viu chorar debruçado sobre o corpo do amigo, ninguém o ouviu repetir várias vezes o nome do cão, que pela primeira vez não atendia ao chamado. Ninguém viu quando a mão procurou debaixo do pelo emaranhado, até achar a corrente de ouro.

Abriam-se as primeiras janelas do palácio. O dia avançava seus passos. O príncipe passou a corrente ao redor do pescoço, levantou-se. E antes que o mordomo viesse, bateu decididamente à porta, para entrar.

# Por querer, só por querer

Às vésperas de partir, um homem entregou à esposa um frasco de vidro. A viagem seria longa, disse, e para compensar tanta ausência fazia questão de receber, na volta, o frasco cheio das lágrimas de saudade que ela haveria de derramar.

Não era um frasco pequeno.

Lágrima, a mulher não derramou nenhuma vendo o marido sair de casa, atravessar o jardim e afastar-se em direção ao cais. Esforçou-se, querendo aproveitar o momento propício para começar a colheita, mas embora levasse aos olhos, alternadamente, o longo gargalo do frasco, os cílios continuaram enxutos.

Se não havia chorado no momento da partida, tornou-se ainda mais difícil fazê-lo depois. A casa vazia de marido era-lhe puro agrado. Não havia mais quem lhe desse ordens. Só se levantava ao fim do sono, só comia o que o desejo mandasse, não vestia corpete.

Nem vinha o tempo acender-lhe a tristeza. Pelo contrário. Com o passar dos dias, o que se acendeu nela foi o interesse pelo jovem ferreiro que, do outro lado da rua, martelava o ferro incandescente luzindo braços nus.

Sorria ela à porta, faiscava sobre a cômoda o frasco vazio, quase a cobrar-lhe atenção.

Não há pressa, adiava ela, demasiado ocupada com o objeto da sua atenção para inquietar-se com o que quer que fosse.

Mas de falta de pressa em falta de pressa, o tempo aproveitou para correr e, com a chegada de mais uma nova estação, ela percebeu de repente que o marido não tardaria a voltar. Sobre a cômoda, o frasco continuava vazio.

Faltou pouco para que chorasse de aflição. Teria colhido alegremente as lágrimas, se apenas se dignassem aparecer. Mas vendo que essas se negavam, colheu uma ideia.

Bateu palmas, chamou. Quando sua jovem serva apareceu, ordenou que se ajoelhasse à sua frente e, com uma fina vara de bambu, começou a fustigá-la. Que belas lágrimas recolheu no frasco! Afloravam grossas como pérolas e, escorrendo pelo gargalo, estilhaçavam-se ao fundo em ruído de chuva. E que generosos os olhos da moça!

Depois disso, todos os dias a varinha sibilou com sua voz de serpente mordendo as costas da jovem. Antes mesmo que o marido anunciasse seu retorno, o frasco estava cheio. Mas a mulher havia descoberto uma fonte, e não via motivo para deixá-la secar. Dois frascos, calculou, haveriam de ser mais bem recebidos que um só.

De fato. Descia o marido pela passarela do navio atracado ao caís, e já ela se atirava em seus braços, levando em cada mão o testemunho da sua saudade.

Porém, gastos os primeiros dias e os primeiros abraços, retirados dos baús os presentes que ele havia trazido, pareceu ao marido que a saudade da mulher na sua ausência havia sido bem maior do que era agora sua alegria por tê-lo de volta. E perguntava-se como podia a esposa indiferente, que mal lhe servia à mesa e pouco lhe aquecia o leito, ter chorado tanto por ele. Ou teria esgotado nas lágrimas o seu amor?

Do outro lado da rua, o ferro incandescente mergulhava na tina com um gemido, o martelo batia na bigorna. O pensamento da mulher ia-se janela afora.

Do lado de dentro da casa, a jovem criada de olhos brilhantes ia e vinha silenciosa cuidando dos seus afazeres. Sua presença era tão leve quanto seus passos. Sua silhueta recortava-se por instantes contra a luz, logo recolhendo-se na sombra. Varria, limpava, arrumava.

Quase sem dar-se conta, o homem começou a deixar coisas esquecidas perto de si, para que ela viesse recolhê-las. E ela recolheu o chapéu do homem, os sapatos do homem. Recolheu a cinza do cachimbo do homem. Recolheu o prato de estanho que o homem havia deixado cair para vê-la mais de perto. Recolheu os cacos do frasco de lágrimas que o homem havia derrubado por querer. Por querer ver de novo aqueles olhos úmidos, por querer entender o que eles lhe diziam, por querer afundar neles, achar-se neles. Por querer. Só por querer.

# O nada palpável

Em tempos distantes, naquele minúsculo país de pouco saber, descobriu-se, por puro acaso, algo que até então lhe era desconhecido: a maneira de fazer vidro. Que bela coisa esse vidro, exclamaram os habitantes encantados diante do primeiro fragmento. Belo como ar sólido, disse um cidadão que gostava de usar bem as palavras, belo como água enxuta, acrescentou outro, belo como ar palpável, rivalizou um terceiro sem perceber que repetia o primeiro, belo como... belo como... esforçou-se em vão um quarto, até arrematar triunfante, belo como o nada visível! Tão belo, que logo tornou-se precioso.

Precioso assim, só ao senhor daquelas terras caberia. E o senhor desejou um frasco para seus perfumes, pediu uma garrafa para seu vinho, quis uma bandeja para suas frutas, exigiu uma banheira para o seu corpo. E em seguida perguntou-se por que, sendo ele tão rico e o vidro tão caro, não haveria de envidraçar suas janelas.

Que majestosa ficou a mansão do senhor com aquelas janelas abertas mesmo estando fechadas! Parecia não haver mais nada a desejar. O senhor, que gostava tanto de satisfazer os próprios desejos e que para isso necessitava tê-los sempre à mão, teria se afligido com essa ausência se, logo logo, não lhe ocorresse a ideia iluminante.

Ordenou que as paredes de pedra da mansão fossem derrubadas, e que se colocasse vidro em seu lugar. Não só as externas, as internas também.

Frente àquela cristalina maravilha todos se perguntaram como haviam podido viver até então sem transparência.

Agora, o ar e até os sons podiam ficar retidos fora ou dentro da casa, mas não o olhar. De um lado a outro, tudo se via. Via o senhor os seus vassalos. Viam os vassalos o seu senhor.

Viram quando tropeçou no tapete indo de cara no chão, e riram muito. Viram quando começou a dar beijinhos no cangote da senhora, e sorriram muito. Viram quando botou o dedo no nariz, quando derramou tinta no documento, quando deu um chute no cachorro. E vaiaram muito.

Tudo se via. Via-se demais. Mas quando o senhor mandou botar cortinas lá onde antes havia paredes internas, despertou a desconfiança dos vassalos.

O que ele quer ocultar? perguntavam vociferando diante da mansão. O que é que não podemos ver? O que ele está tramando?

O senhor, que até então não havia tramado nada, tratou de tramar uma solução. Que se construísse com toda rapidez uma casa de vidro, ordenou publicamente, pois queria doá-la a seu alcaide. Esse meu caro auxiliar merece o que há de melhor, arrematou.

Ele quer me vigiar, pensou o caro auxiliar. Mas não podia recusar, e em breve a casa foi inaugurada com grande festa de que todos – quer dançando lá dentro, quer olhando de fora – participaram.

Tendo toda a casa do alcaide para devassar, as cortinas do senhor pareceram perder sua gravidade. Mas enquanto o senhor se resguardava, o alcaide, por mais roupas que vestisse, passou a sentir-se completamente nu.

Esconder-se não podia, era homem de confiança do senhor. Nem este lhe permitiria tapar-se com anteparos. Então, raspando o cofre, chegou à soma necessária para a construção de uma casa não grande mas boa, de vidro. Não posso permitir, disse em praça pública, que meu braço direito more ainda em casa de pedra. E, diante de todos, entregou-lhe a chave cristalina.

Com tantas encomendas, o vidro barateava. E os vassalos começaram a pensar que se o braço direito do braço direito do senhor podia ter uma casa de vidro, não era luxo tão inalcançável. A princípio fizeram beirais de telhado, depois puxados, quartinhos, cômodos anexos. E a cada reforma, era uma parede de pedra que vinha abaixo e uma de vidro que subia. Quando até o estábulo do cavalo da diligência foi feito de vidro, percebeu-se que a cidade havia-se tornado toda transparente.

O que não se percebeu logo é que o nada palpável já não parecia tão belo ou tão desejável. Esfriava muito no inverno, aquecia muito no verão, e a vida dos outros — que ele oferecia —, vista assim por inteiro o tempo todo, revelava-se espetáculo bastante monótono.

Fosse para não vê-lo, fosse para não oferecê-lo, o fato é que um painel aqui, um biombo ali, uma planta estrategicamente posicionada acolá, foram devolvendo às casas aqueles cantos secretos, aqueles novelos de sombra em que a vida cochila e o tempo se acumula. Aos poucos, pareceu apenas normal que, para proteger o sono, os quatro postes das camas novamente sustentassem cortinas. E quando uma tempestade de granizo estilhaçou boa parte das casas, ninguém estranhou que as paredes danificadas fossem reerguidas em pedra. Material, aliás, com que há muito o senhor havia recomposto várias de suas paredes internas.

# Claro voo das garças

Fazia pentes, como outros homens fazem pífaros ou jogam cartas, porque gostava. E porque seu trabalho de carreteiro, costura de longas viagens e longas esperas, lhe deixava tempo vago.

Tirava então da sacola o pedaço de madeira escolhido dias antes ao passar pelo bosque ou catado à beira da estrada, e cantando e divagando, cheio de paciência, cortava com uma faquinha dente a dente, soprava a mínima serragem, polia os espaços apertados. O tempo escorria manso naquele fazer cuidadoso, deixando-lhe afinal um pente que daria de presente a quem bem o atendesse no caminho, já que ninguém comprava pentes no universo modesto em que se movia.

Haviam sido sempre de madeira. Até ele agachar-se junto ao regato para beber, e deparar com aquele osso. Pareceu--lhe primeiro um seixo, tão branco, polido pelo tempo ou pela água. Tomou-o na mão, girou-o entre os dedos. De que animal havia sido, impossível saber. Mas era tão prazeroso ao tato, tão rico com seus veios leitosos, que logo desejou moldá-lo, fazer dele um pente especial.

Era diferente trabalhar a matéria mais dura, sentia-se quase obrigado a obedecer-lhe. Precisou da faquinha e de outros pequenos instrumentos que ia improvisando, precisou de lima para suavizar as asperezas, e de fogo para domar a curva do osso. Precisou de um tempo mais longo e de uma nova paixão para fazer os ricos entalhes com que queria adorná-lo ao alto, duas garças de asas abertas, os pescoços em curva, os bicos apenas se tocando. Quando esteve pronto, o aqueceu com seu hálito e o esfregou longamente contra o pano da calça, até vê-lo brilhar, morno como se vivo na sua mão.

Guardou-o esperando que a viagem o levasse novamente à sua aldeia, pois só à sua filha pastora o queria dar. Ficaria bem, pensou, metido na sua cabeleira morena.


Tão encaracolado era o cabelo da jovem, e tanto, que por mais que o cuidasse estava sempre emaranhado. Bastou, porém, afundar entre os fios o pente que havia ganho do pai, para que os nós todos se desatassem sem que se desfizessem os cachos. Passou-o de alto a baixo repetidas vezes, tomada de prazer pela inesperada mansidão. Depois tornou a passar. Nada travou o fluir dos dentes.

E não querendo separar-se dele ao sair para entregar o leite das suas ovelhas, suspendeu na nuca a cabeleira domada, deu-lhe uma volta com a mão, firmando-a no alto com o claro voo das garças.

— Que bonito esse pente! — encantou-se a primeira jovem com que cruzou no caminho. — Dá ele para mim?

— Não dou. Nem para você, nem para ninguém.

— Que coisa rica! — elogiou a segunda que passou por ela. — Onde você o achou?

— Quem me achou foi ele.

Naquela noite, só tirou o pente para dormir.


Ao nascer do sol, foi com suas ovelhas ao pasto, tocando-as pela encosta. E reparando na lã empelotada que lhes cobria o dorso mais parecendo um tapete do que uma pelagem, "coitadas — pensou —, que vestimenta tão desconfortável". Num gesto, tirou o pente dos cabelos, e mal o havia aproximado do flanco da ovelha mais próxima, já a lã ordenava seus fios como se tivesse sido cardada. Riu surpresa a jovem, limpando o pente com a mão.

Incrédula ainda, caminhou até o burrico que pastava adiante e lhe penteou a cauda, avançou até a moita emaranhada do espinheiro e lhe destrançou os galhos. Sim, concluiu surpresa, seu pente desfazia qualquer nó.

Voltando para casa, sorriu sem responder quando a filha do padeiro lhe perguntou "É feito de quê, esse pente que agora você não tira do cabelo?".

Domingo seguinte, dia de mercado, uma discussão explodiu entre dois artesãos. Insultos, ameaças, veias inchadas no pescoço, e a multidão ao redor, ávida para presenciar uma briga. Mas briga não houve. A pastora havia se aproximado, e acariciando o pente acima da nuca percebera que as palavras certas, as palavras capazes de acalmar os ânimos lhe vinham à boca como se sempre as tivesse conhecido.

Não foi o único fato dessa natureza. Houve depois um confronto na divisão de um rebanho, e uma desavença entre sogra e nora. Ambos, ela apaziguou. A partir daí, sua fama de desfazedora de nós abriu caminho e a qualquer desacordo, enfrentamento, entrevero, a mandavam chamar. Não só no seu povoado, como de distâncias ao redor.

A pastora que havia vivido quase sempre só, mais presente para as ovelhas do que para seus semelhantes, se via agora rodeada de gente que vinha por ela a qualquer hora, de perto ou de longe, a pé ou de carroça, para que dissesse as palavras capazes de restabelecer a serenidade.

Só à noite, já tarde, conseguia estar sozinha em sua casa. Então sentava-se diante do fogo, tirava o pente dos cabelos e delicadamente, colhendo um a um entre os dedos, entregava às chamas os nós que ele havia retido.


Passaram alguns verões. Alguns invernos passaram. Um dia, a pastora se deu conta de um peso que não percebera até então. Nos ombros, talvez. Ou na caixa do peito. Olhou pela janela, havia gente à sua espera lá fora, pessoas vociferavam, algumas haviam chegado ainda na madrugada. Ao contrário do que fazia todas as manhãs, não abriu a porta aos ruídos, às exigências. Escutou o silêncio da casa, no silêncio soltou os cabelos, sacudiu a cabeça repetidas vezes para senti-la mais leve, deslizou os dedos entre os fios, quase desejando encontrar o emaranhado de outros tempos. Depois debruçou-se sobre a água da bacia em busca do rosto que havia sido seu. E fechou os olhos buscando-o dentro de si.

Parecia haver transcorrido muito tempo quando os abriu, embora a luz da manhã atravessasse o chão no mesmo lugar onde estava antes. Olhou ao redor apropriando-se de cada objeto, cada canto que estivera esquecido enquanto ela cuidava dos outros. O pente destacava-se claro sobre a mesa. Ela o tomou, e usando a força das duas mãos o partiu ao meio.

Dez dentes de um lado, dez dentes do outro, duas garças para sempre afastadas. "Que cada um cuide dos seus nós — disse ela em voz alta como se houvesse ali alguém para ouvi-la. — Eu cuidarei das minhas ovelhas."

Mansamente, pousou as duas metades do pente sobre as brasas que ainda ardiam.

# Um rufar de negras asas

Dobravam-se ao vento os ciprestes. Não era poeira, eram farrapos de nuvens que volteavam no ar encharcando os campos.

Onde estava o verde? perguntou-se a mulher, descansando no chão o balde de castanhas que trazia. Olhou para o alto, farejou o ar. A neve já vem vindo, acrescentou seu pensamento.

Mas estava enganada. A neve caía naquele momento em terras distantes, demoraria a chegar. Aves escuras cruzaram o céu.

A mulher recolheu o balde, apressou o passo. No galinheiro não havia um único ovo. As galinhas de pescoço magro agitaram-se nos poleiros, leves penas estremeceram aprisionadas nas teias de aranha, mas ovo nenhum clareava ninho.

Lá fora, talvez. Galinhas fujonas punham às vezes seus ovos entre os arbustos. Agachou-se, estendeu o braço procurando às cegas por baixo das folhas, buscou, tateou, alongou-se mais, até que a ponta dos dedos encontrou uma superfície lisa. Num último esforço recolheu o ovo.

Era um belo ovo grande, porém manchado de pintas azuladas. Teria gorado? perguntou-se ela. Girava o ovo na mão, quando o sentiu vibrar. Pancadinhas secas vinham de dentro, alguém batia. Ela também bateu, de leve, para ajudar. Com a ponta da unha primeiro, com uma pedrinha depois. Bate de fora, bate de dentro, o ovo afinal partiu-se .

Um pássaro escuro saiu entre cascas. Escuro, molhado, quase sem plumas. A mulher pensou em esvaziar o balde e colocá-lo dentro. Mas estava frio e o balde duro não seria acolhida para ser tão novo. Enxugou mal e mal o bichinho com a ponta do avental, depois colocou-o dentro da blusa, junto ao peito, que ficasse protegido enquanto ela terminava suas tarefas.

À noite, arrumou na ponta da cama um ninho de panos para o pássaro, e adormeceu. Mas, passada uma hora no quarto gelado, o pássaro arrastou-se para fora do ninho, meteu-se debaixo do lençol e, aquecido, mamou no peito da mulher.

Assim aconteceu durante todas as noites daquele inverno sem que a mulher percebesse. O pássaro crescia, cobrindo-se de belas penas lustrosas. E quando a mulher o viu ensaiando os primeiro voos, abriu-lhe a janela deixando que se fosse. A primavera chegava.

O pássaro não voltou naquele dia, nem nos seguintes, nem em muitos que vieram depois. A mulher espiava o céu

agora claro, sem que qualquer volta lhe fosse anunciada. E temia por ele, que tivesse se desgarrado no mundo que não conhecia, que tivesse perdido a vida que não havia sido ensinado a defender.

Quando eis que uma manhã, um rufar de penas a trouxe correndo à porta da cozinha, ainda a tempo de ver uma grande ave escura depositar um coelho morto diante da soleira, ganhando o céu em seguida. A mulher acompanhou a mancha das asas até vê-la desaparecer, depois com um sorriso recolheu o coelho. Daria um belo guisado.

Agora, a intervalos às vezes tão longos que a mulher deixava até de esperar, vinha a ave entregar-lhe algum presente. Uma enguia, uma preá, uma lebre, até um cordeirinho amanheceram na sua soleira.

E acabava de trançar o cabelo para dar início a um novo dia, quando o bater de asas que se havia acostumado a receber lhe trouxe um choro. Abandonou a trança, o cabelo se desfez sobre as costas, que bebê seria aquele, que pedia atenção e peito? E já ia ela à porta, já colhia do chão a trouxa de pano que movia pregas, logo aninhando, acalentando o menino que agora seria seu.

Leite, não tinha mais. Mas a cabra que pastava atrás da casa estava com os úberes cheios. O menino não tardou a se aquietar.


Cresceu forte e sadio. Foi garoto espichado, rapaz alto e, num tempo que pareceu breve mas não era, tornou-se um jovem homem. Um jovem a quem a casa pareceu de repente pequena, pequena a terra ao redor, pequeno o mundo e o modo de viver em que se havia abrigado até então. E chegou o momento em que a mãe o olhou, não mais como havia olhado o menino mas como se olha um homem. E lhe abriu a porta.

Ele não voltou e não mandou notícias durante um tempo que pareceu longo, mas talvez não fosse. A mãe nem sequer esperava que o fizesse, mas teria gostado. Não olhava mais o céu, à procura, olhava a estrada.

E pela estrada, afinal, o homem que ela havia amamentado com leite de cabra veio vindo. Não vinha sozinho, porém. Empoleirada sobre o seu ombro esquerdo a mãe percebeu ao longe a silhueta de uma ave. Quando o jovem chegou, viu que era delicada e escura.

— Vim lhe trazer minha noiva — disse ele depois de entrar. E colhendo com a mão as garras da ave, estendeu-a para entregá-la à mãe. — Cuide dela como cuidou de mim. Terei ainda que me ausentar. Mas cedo voltarei.

A ave soltou um pio agudo, abaixou a cabeça.

Naquela noite o jovem dormiu na sua antiga cama. E no dia seguinte, antes de partir, serrou e bateu pregos, armando um poleiro que instalou na cozinha, perto da janela e do calor do fogão. Depois despediu-se da mãe, acariciou a cabeça da ave, e partiu.

Sozinhas, as duas se olharam longamente. A luz aos poucos gastou-se. A mulher se levantou, acendeu o candeeiro, acendeu o fogão. Antes de começar a cozinhar, aproximou--se da ave e, como havia visto seu filho fazer, lhe acariciou a cabeça. O pio ecoou na cozinha.

A partir dali cuidaram, com delicadeza, de conviver.

Não era difícil tratar da recém-chegada. Bebia a água que a mulher punha na vasilha, comia sua ração diária de grãos. A princípio quase não se afastava, olhando o mundo pela janela sem abandonar o poleiro. Mas em breve saltitava pela casa acompanhando a mulher em suas tarefas. E não demorou a abrir asas, voando para pequenas caçadas, e detendo-se longamente no alto das árvores vizinhas, como se à espera, como se de vigia.

A mulher já não se sentia tão só. Acordava com o grito que a ave soltava ao primeiro sol, adormecia com o piado baixo com que ela encerrava o dia. E a tinha sempre por perto, encarando-a com seus olhos brilhantes e atentos, como se entendesse as palavras que ela lhe dirigia. Falar com a ave havia sido desde o início tão espontâneo, que surpreendia-se a mulher de ter passado tanto tempo sem ter com quem falar.

Serena, aquela casa. E assim teria continuado, não fosse a mulher adoecer. Começou sentindo uma vertigem, um mal estar. A ave acompanhou o gesto com que passou a mão no rosto, viu quando sentou-se para não cair. E a viu deitar-se ainda dia claro. Aquela noite a ave não dormiu no poleiro, pousou no espaldar da cama da mulher.

E nos dias que se seguiram, cuidou dela. Trouxe gravetos no bico para não deixar que o fogo se apagasse, trouxe frutas que procurava nas árvores, bateu asas para refrescar a testa que ardia em febre. Seus olhos atentos acompanhavam o lento mover da cabeça no travesseiro. Até que a cabeça aquietou-se, para não mais se mexer.

No silêncio da casa, o grito da ave pareceu ainda mais agudo. Abaixou a cabeça sobre o peito, e a golpes de bico rasgou a pele de penas negras que havia sido sua morada. Saiu dos lanhos nua e branca, de cabelos longos, uma moça. Com gestos de moça colheu a pele de penas no chão e cobriu com ela a mulher, asas abertas.

Depois lavou-se no regato, vestiu-se, e começou a esperar. Em algum ponto distante, seu noivo havia-se posto a caminho.

OBRAS DE MARINA COLASANTI PUBLICADAS PELA GLOBAL EDITORA

A menina arco-íris

A moça tecelã

Cada bicho seu capricho

Com certeza tenho amor

Do seu coração partido

Doze reis e a moça do labirinto do vento

Eu sozinha

Marina Colasanti crônicas para jovens

O homem que não parava de crescer

O lobo e o carneiro no sonho da menina

O nome da manhã

O menino que achou uma estrela

O verde brilha no poço

Ofélia, a ovelha

Poesia em 4 tempos

Quando a primavera chegar

Um amor sem palavras

Uma ideia toda azul

23 histórias de um viajante

*Em espanhol*

Con certeza tengo amor

De su corazón partido

La joven tejedora

Un amor sin palabras

Un verde brilla en el pozo